AF381021

Le Ravissement de Britney Spears

de Jean Rolin

Rendez-vous sur
lepetitlitteraire.fr
et découvrez :

Plus de 1200 analyses
Claires et synthétiques
Téléchargeables en 30 secondes
À imprimer chez soi

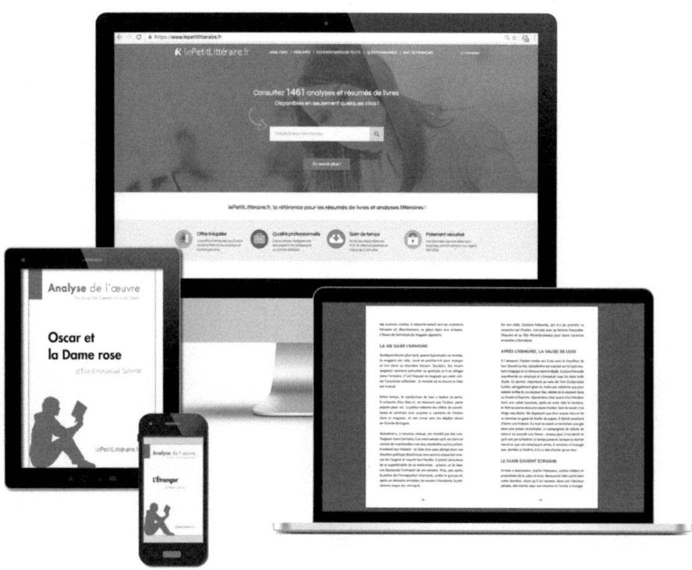

JEAN ROLIN 9

***LE RAVISSEMENT
DE BRITNEY SPEARS*** 11

RÉSUMÉ 15

Qui veut tuer Britney Spears ?
La véritable mission

ÉTUDE DES PERSONNAGES 25

Le narrateur
Fuck
Britney Spears
Lindsay Lohan
Shotemur
Wendy

CLÉS DE LECTURE 35

Un roman multi genres
Los Angeles,
une ville personnage
Une observation critique
de la société américaine
Un roman humoristique
et mélancolique
La difficulté à saisir le réel

PISTES DE RÉFLEXION 55

POUR ALLER PLUS LOIN 59

JEAN ROLIN

ÉCRIVAIN
ET JOURNALISTE FRANÇAIS

- **Né en 1949 à Boulogne-Billancourt (Hauts-de-Seine)**
- **Quelques-unes de ses œuvres :**
  - *L'Organisation* (1996), roman
  - *L'Homme qui a vu l'ours* (2006), roman
  - *Les Événements* (2015), roman

Jean Rolin a été journaliste et grand reporter pour *Libération*, *Le Figaro* et *Géo*. Féru d'évasion, il a reçu en 1988 le prix Albert Londres pour son récit de voyage en Afrique *Ligne de front*. Observateur de la société, il est aussi reconnu en tant que romancier pour ses ouvrages, dans lesquels il décrit toujours ce qui l'entoure, avec une écriture teintée de mélancolie. Son œuvre a été couronnée de plusieurs prix littéraires prestigieux : le prix Médicis pour *L'Organisation*, le prix Louis-Guilloux pour *Campagnes* (2000) et le prix Ptolémée pour *L'Homme qui a vu l'ours*.

LE RAVISSEMENT DE BRITNEY SPEARS

UN ROMAN NOIR DÉSOPILANT !

- **Genre :** roman
- **Édition de référence :** *Le Ravissement de Britney Spears*, Paris, P.O.L., 2011, 288 p.
- **1ʳᵉ édition :** 2011
- **Thématiques :** showbizness, paparazzis, mission secrète, meurtre, mensonge, Los Angeles

Le Ravissement de Britney Spears est le vingtième roman de Jean Rolin. Pour l'écrire, l'auteur s'est installé à Los Angeles, ville qu'il ne connaissait pas du tout, et a suivi des paparazzis afin d'étudier leur manière de travailler. Le narrateur du roman présente nombre de points communs avec l'auteur lui-même : il ne conduit pas, il fume dans cette ville californienne où cet acte est prohibé, et il est enclin à la mélancolie. Toutefois, *Le Ravissement de Britney Spears* n'est pas une autobiographie, loin de là : le roman se veut surtout être un coup d'œil désabusé et humoristique sur la société du showbizness et sur ce qui gravite autour de lui. Il donne aussi l'occasion d'une visite privilégiée et hors du commun de la ville de Los Angeles.

RÉSUMÉ

Le Ravissement de Britney Spears est le récit de la mission ratée du narrateur, un membre des services secrets français, qui relate ses déboires depuis une base au Tadjikistan. D'emblée, le lecteur est mis au courant de l'échec cuisant de son enquête, et les différents épisodes, racontés dans un certain désordre chronologique, l'éclairent peu à peu sur les raisons de celui-ci.

QUI VEUT TUER BRITNEY SPEARS ?

Travaillant pour les services secrets français, le narrateur est envoyé à Los Angeles en avril 2010 dans le but de prévenir l'enlèvement éventuel de la chanteuse Britney Spears (chanteuse et actrice américaine, née en 1981) par un groupe islamiste. Afin de récolter des détails sur les habitudes de la star américaine, il reçoit l'aide de Fuck, un puissant paparazzi français qui le renseigne sur les moindres déplacements de la vedette. Pour se documenter, le narrateur fait des recherches sur la biographie de cette dernière et détaille sa fiche Wikipédia. Ne pouvant pas prendre contact avec la chanteuse, il doit se limiter aux informations qu'il recueille en ligne afin de mieux la connaitre.

Fuck lui apprend que Britney est sur le point de se séparer de son compagnon et le met en garde contre d'éventuelles tentatives ennemies de l'espionner. Alors qu'il était installé dans un motel pour démarrer son enquête, le narrateur doit changer de logement, car un travesti a été retrouvé mort à l'intérieur.

Il s'installe au Holloway, situé non loin de l'appartement de Lindsay Lohan (actrice et chanteuse américaine, née en 1986), qui fascine le narrateur. Le même jour, Britney se rend avec sa famille dans un centre commercial : il s'agit d'une sortie inintéressante pour les médias, qui prouve surtout que les frasques de la chanteuse font bel et bien partie du passé.

Plus tard, le narrateur décrit son déjeuner partagé avec Serge, un vieux paparazzi désabusé qui se lance dans une violente diatribe contre les femmes américaines. Ce même jour, des photographies de Britney Spears, prises pour une campagne publicitaire et non modifiées par ordinateur, dévoilent son « véritable corps » (p. 90) :

la chanteuse avait pour volonté de « mettre en lumière la pression qui s'exerçait sur les femmes pour paraître parfaites » (p. 91).

Fuck donne un deuxième rendez-vous au narrateur au Park Plaza, un hôtel désaffecté, où ce dernier fait la connaissance d'Abdul, le gardien. Fuck lui fournit des photos détaillées de la villa de Britney Spears ainsi que des vues tirées de Google Earth, au cas où il en aurait besoin pour s'introduire dans le domicile de la chanteuse.

Le narrateur se rend ensuite à Calabasas, le quartier de Los Angeles où vit Britney, et se présente devant The Oaks, la luxueuse demeure de la chanteuse protégée d'une « barrière érectile, puis par une lourde grille en fer forgé » (p. 111). À première vue, Britney ne semble pas être menacée, mais il a un mauvais pressentiment. Comme il n'a pas grand-chose à faire pour protéger la vedette, il voit Fuck très souvent. Celui-ci l'emmène en voiture dans Los Angeles, puisque le narrateur ne conduit pas.

Le 27 avril, le narrateur doit se rendre aux funérailles de l'ancien chef de la police de Los Angeles, Daryl Gates, pour observer les policiers américains. Sur la route de retour, dans le métro, il trouve pour la première fois un tract par terre, édité par le Parti communiste révolutionnaire des États-Unis. Au crépuscule, il rentre dans le jardin du château Marmont, un hôtel luxueux, y déguste un verre de sancerre très cher qui l'enivre rapidement, puis dépose le tract révolutionnaire sur le comptoir de la réception. Le 1er mai, alors qu'il se rend à une manifestation, il se retrouve à nouveau avec des tracts du parti communiste en main : il a peur qu'on le prenne pour un sympathisant.

Peu à peu, le narrateur commence à s'habituer à sa nouvelle mission et à cette nouvelle vie. Par ailleurs, il est de plus en plus fasciné par Lindsay Lohan. Lorsque Fuck l'appelle pour lui dire que celle-ci se trouve chez un attorney (auxiliaire de justice), au sujet d'un accident de voiture datant de 2007, il décide de s'y rendre immédiatement. Pour la première fois, il aperçoit la star, qui est assaillie par les questions des journalistes lorsqu'elle rejoint sa voiture. La nuit suivante, il rêve qu'il la sauve d'une voiture en feu.

Quelques jours plus tard, apprenant que des photos de Lindsay Lohan sont exposées dans une galerie, le narrateur décide d'aller les voir. En chemin, il tombe par hasard sur une librairie communiste et y entre par curiosité ; il lui semble alors apercevoir Fuck qui se cache. Plus tard, il raconte les pérégrinations de l'actrice au Festival de Cannes et ses démêlés avec la justice.

Lorsque Lindsay Lohan est à nouveau convoquée chez le juge, pour ne pas avoir respecté le programme de désintoxication qu'on lui avait imposé à la suite de plusieurs arrestations pour conduite en état d'ivresse, le narrateur rejoint le parvis du tribunal, mais n'entraperçoit que brièvement la star. Fuck le prévient que Britney se trouve à l'hôtel Mondrian : c'est pour lui une opportunité d'approcher enfin la chanteuse, mais il n'y parvient pas et consomme un repas onéreux au restaurant du luxueux hôtel.

Le narrateur est de plus en plus déprimé à cause de son incapacité à mener à bien sa mission et de la futilité du monde hollywoodien qu'il observe de très près. Afin d'échapper à la mélancolie, il marche alors dans la ville et rencontre un groupe de sosies de célébrités, parmi lequel se trouve une prostituée prénommée Wendy qui ressemble fortement à Britney Spears. Ils se retrouvent dans un motel et débutent une histoire d'amour. Le narrateur décide même de lui parler de sa mission secrète.

LA VÉRITABLE MISSION

Peu à peu, le narrateur émet des soupçons sur Sheeraz Hasan, le propriétaire d'une chaine de magasins de milkshakes qui présente une « prédilection affichée pour Lindsay Lohan » (p. 220) : il pense qu'il pourrait être impliqué dans un complot contre Britney Spears.

Fuck contacte le narrateur pour lui proposer de faire équipe avec deux de ses photographes, Felipe et Sandro, des Brésiliens qui parlent de la chanteuse avec « beaucoup de retenue et une certaine affection » (p. 245). Le lendemain, ils guettent ensemble la sortie des enfants de Britney Spears devant leur école. Ils suivent ensuite la star et sa famille qui s'installent dans une cafétéria. Felipe pousse le narrateur à y entrer, pour enfin la rencontrer et lui parler, mais ce dernier n'ose à nouveau pas approcher la jeune femme.

Peu de temps après, les choses prennent une

sinistre tournure. Le supérieur du narrateur – Otchakov – lui annonce la mort soudaine de Fuck. Il doit aller identifier le corps du photographe, sur lequel il trouve un pamphlet de Karl Marx (théoricien du socialisme et révolutionnaire allemand, 1818-1883). Le soir même, il retrouve Abdul et ils cherchent à comprendre ce qui est arrivé à Fuck : le narrateur commence à émettre des doutes sur la véracité de sa mission, d'autant plus que son supérieur a été averti très rapidement de la mort de Fuck.

Le narrateur comprend alors (mais trop tard) que le seul but de sa mission était de donner l'occasion aux services secrets d'abattre le paparazzi et qu'aucune menace ne pesait véritablement sur Britney Spears. Il réalise avec effroi qu'il a simplement joué le rôle d'un pion dans un plan d'assassinat. Lorsque son supérieur lui signale qu'il va être rapatrié en Europe, le narrateur décide de fuir. Wendy vient donc le chercher et le conduit en Arizona, où un conducteur de train doit lui faire traverser la frontière mexicaine. Ainsi se termine sa mission à Los Angeles.

Il finit par atteindre le Tadjikistan et se retrouve dans le bureau de Shotemur, le responsable des services secrets tadjiks, situé à Murghab. Ce dernier a fait la guerre lors de la dissolution de l'URSS et il demande à son nouveau collègue de raconter sa mission à Los Angeles. Il semble très intéressé par les détails people que le narrateur lui rapporte, et est lui aussi fasciné par Lindsay Lohan.

Alors que Shotemur et le narrateur se rendent à Douchanbé pour une réunion avec le KGB (les services de sécurité soviétiques), Shotemur décide de sortir en boite de nuit. Mais une bombe explose dans l'établissement et le Tadjik est très légèrement blessé. Plus tard, ils se rendent à la frontière afghane où trois contrebandiers ont été abattus. La violence ressentie dans cette partie du monde contraste avec la légèreté et la superficialité perçues par le narrateur lors de son passage à Los Angeles.

De retour à Murghab après cet épisode, Shotemur propose au narrateur de venir avec lui chasser le léopard des neiges. Le narrateur accepte de l'accompagner, bien qu'il ait l'impression qu'il s'agisse d'un mensonge. Une fois assis dans le véhicule, il remarque que son compagnon n'a pas apporté un fusil (nécessaire pour chasser des animaux), mais seulement un révolver : il en déduit alors que celui-ci est destiné à l'éliminer.

ÉTUDE DES PERSONNAGES

LE NARRATEUR

Le nom du narrateur n'est divulgué à aucun moment dans le récit : le lecteur apprend seulement qu'il travaille pour les services secrets français. Le début de l'histoire laisse entendre qu'il a échoué dans sa mission précédente et que c'est pour cette raison qu'il est exilé dans une base au fin fond du Tadjikistan. Il est l'exact contraire de ce que représente un bon espion pour les services secrets :

- il n'a pas la carrure de l'emploi (il qualifie sa corpulence de « plutôt chétive », p. 9) ;
- il ne semble pas être très perspicace, car, même si sa mission prend les allures d'un gag, il avoue lui-même n'y avoir rien vu (« Des collègues m'ont d'ailleurs affirmé qu'elle figurait dans le planning, après mon départ, sous le nom de code Poisson d'avril, ce qui, à proprement parler, ne prouve rien », p. 21) ;

- il n'est ni athlétique, ni très malin, ni très courageux, mais il a cependant une très grande imagination et une non moins grande propension à la paranoïa (« J'éprouvais le sentiment confus qu'un piège était en train de se refermer sur moi », p. 113). Ainsi, lorsqu'il trouve dans sa chambre des documents concernant un mannequin, ou quand il se croit harcelé par des communistes révolutionnaires, il se met à croire que des complots le visent (« Si elle avait été déposée avec soin, il fallait que ce fût intentionnellement : et peut-être, puisque c'était à mes pieds, afin d'attirer mon attention particulière », p. 135).

La seule qualité qu'il présente en tant qu'agent secret est d'obéir aux ordres de son supérieur sans les discuter, même s'il ne mène pas toujours à bien ce qui lui est demandé : « Je compris que j'aurais beaucoup de mal à m'acquitter de la tâche que m'avait assignée le colonel Otchakov. » (p. 131)

Ainsi, le narrateur apparait comme un loser inoffensif, plutôt que comme un redoutable espion français. Il craint à plusieurs reprises d'être pris pour un *stalker*, c'est-à-dire une personne qui espionne et suit une célébrité de façon obsessionnelle et parfois dangereuse. Par ailleurs, il souffre de dépression, qu'il ne peut apaiser que par la marche, son activité de prédilection.

Le récit de sa mission, qu'il réalise à postériori, lui permet de prendre conscience de détails suspicieux qu'il n'avait pas remarqués lorsqu'il se trouvait à Los Angeles (comme l'absence de personnes voulant du mal à Britney Spears ou les activités étranges de Fuck). Revenir sur ces évènements et remarquer, trop tard, qu'il a été manipulé accentue la mélancolie du narrateur, qui se sent dès lors incompétent.

FUCK

« Fuck » est l'acronyme de François-Ursule de Curseon-Karageorges, le vrai nom de ce paparazzi redoutable, « l'homme qui a introduit le paparazzisme agressif à Hollywood » (p. 47). Il est l'indicateur du narrateur à Los Angeles et il est censé le renseigner au sujet de Britney Spears et de ses déplacements. Il lui donne suffisamment d'informations au sujet de la chanteuse pour que le supérieur du narrateur soit satisfait.

Le narrateur a lu un dossier le concernant : Fuck est un ancien activiste d'extrême gauche, issu d'une famille d'aristocrates français, et a été l'amant d'une ambassadrice du mouvement Black Panthers (groupe de libération des Noirs américains aux inspirations marxistes-léninistes et maoïstes) dans les années 1970. Installé à Los Angeles, il est peu à peu devenu un paparazzi très riche et très influent.

Ce personnage original aime conduire des voitures de luxe très sales, dort dans des motels douteux alors qu'il possède une villa et donne toujours rendez-vous au narrateur dans des lieux insolites. Ce dernier croit l'apercevoir dans une librairie communiste avant qu'on ne le retrouve mort sur le quai d'une station de métro.

Le lecteur comprend alors que la mission du narrateur n'était en fait qu'un écran destiné à cacher le véritable but des services secrets : éliminer le paparazzi.

BRITNEY SPEARS

Bien que son nom fasse partie du titre du roman, Britney Spears n'intervient pas dans l'histoire.

Physiquement, elle est décrite comme une femme ordinaire : elle a « un peu de ventre, des cuisses robustes et de la cellulite » (p. 91) et est « un peu bouffie, et dodue » (p. 182). Fragile psychologiquement, elle est sous la tutelle de son père. Les mauvaises fréquentations lui sont interdites, tout comme Lindsay Lohan (p. 93). Le narrateur entend souvent que Britney Spears a été vue en train de pleurer ou de s'énerver.

BIOGRAPHIE DE BRITNEY SPEARS

Britney Spears provient de l'État américain du Mississippi. À l'âge de 10 ans, elle intègre le Mickey Mouse Club, une émission de télévision pour enfants qu'elle anime avec d'autres stars en devenir. Après l'arrêt de cette émission, elle sort son premier album en 1998, *Baby One More Time*, qui s'est vendu à 25 millions d'exemplaires. Les tournées mondiales s'enchainent, les dollars et les récompenses pleuvent et les chansons à succès se multiplient.

Britney finit par perdre pied et par être plus connue pour ses frasques et ses abus d'alcool et de drogues que pour ses performances musicales. Après des cures de désintoxication et des problèmes à répétition avec la justice, la chanteuse revient sur le devant de la scène à Las Vegas, en signant un contrat pour se produire dans une salle de concert 50 fois par an, de 2013 jusqu'à la fin de l'année 2017.

En 2010, qui est la période narrée dans le roman, la chanteuse est encore poursuivie par les paparazzis à l'affut du moindre faux pas. Cependant, c'est à cette époque qu'elle commence à se reprendre en main sur le plan personnel et professionnel.

LINDSAY LOHAN

Ancienne amie de Britney Spears, Lindsay est une habituée des scandales « pour des faits d'une certaine gravité, préjudiciables à l'ordre public autant qu'à sa propre santé » (p. 94). Elle est décrite comme « douce » (p. 161) à ses débuts, avant ses multiples frasques et scandales. Sous l'œil des paparazzis, elle fait de nombreux efforts pour « paraître normale et gentille » (p. 163), mettant en scène ses sorties. Elle semble être peu concernée par ses déboires judiciaires. Elle fascine véritablement le narrateur, bien que la mission de celui-ci ne concerne que Britney Spears.

BIOGRAPHIE DE LINDSAY LOHAN

La carrière cinématographique de Lindsay Lohan débute en 1998 avec l'adaptation du film *À nous quatre*, où elle interprète les deux rôles principaux. Les films dans lesquels elle joue par la suite connaissent également un grand succès. En parallèle à sa carrière cinématographique, elle enregistre deux albums de chansons.

Les écarts de la jeune femme commencèrent en 2007, ralentissant sa carrière : elle est arrêtée plusieurs fois pour conduite en état d'ivresse (sous l'influence d'alcool et de drogues). Ses problèmes judiciaires et d'addiction se soldent par plusieurs condamnations à des jours de prison, qu'elle ne purge que partiellement.

En 2010, qui est la période narrée dans le roman, Lindsay Lohan fait la une des journaux pour ses addictions et ses démêlés avec la

SHOTEMUR

Shotemur est le collègue tadjik du narrateur dans la base de Murghab : il s'agit de son confident francophone. Shotemur est un soldat qui a combattu lors de la dissolution de l'URSS. Musulman pratiquant et chasseur hors pair, il a aussi un fort penchant pour la vodka et aime écouter les récits du narrateur concernant sa mission à Los Angeles. Décrit comme un « un type lubrique » (p. 32) et intéressé par Lindsay Lohan, il semble particulièrement apprécier les aventures avec de jolies célébrités que le narrateur lui raconte. Le narrateur lui cache des éléments de sa mission pour ménager l'image des services secrets français, mais le lecteur comprend à la fin du récit que le Tadjik en sait plus que lui et qu'il est en fait chargé de l'éliminer.

WENDY

Wendy est une prostituée que le narrateur rencontre en ville, au milieu d'un groupe de sosies de stars. Elle présente une certaine ressemblance avec Britney Spears et provient de l'Europe de l'Est. Le narrateur tombe sous son charme directement, la qualifiant d'« irrésistible », « drôle » et « jolie » (p. 182-183). Peu après leur rencontre, ils commencent à entretenir une relation amoureuse. Le narrateur lui fait « une confiance sans limites » (p. 220) au point de lui confier sa mission secrète. C'est grâce à elle que le narrateur peut quitter les États-Unis à la suite de l'échec de sa mission.

CLÉS DE LECTURE

UN ROMAN MULTI GENRES

Il s'avère très difficile de cantonner *Le Ravissement de Britney Spears* à un genre littéraire unique, tant le roman est complexe et présente des caractéristiques très différentes.

Il s'apparente cependant, sur certains points, à des genres bien connus tels que le roman policier, le roman d'espionnage, le pastiche et le roman noir.

Le roman policier

Le roman policier se caractérise par la progression d'une enquête : un mystère est posé d'entrée de jeu, et les nombreuses péripéties doivent permettre de le résoudre.

Le Ravissement de Britney Spears se rapproche de ce genre, car le narrateur lui-même croit mener une enquête : il veut découvrir qui a pour projet d'enlever ou tuer Britney Spears. Il va jusqu'à suspecter le propriétaire d'une boutique de milkshakes sans preuve tangible. Jusqu'à ce que le lecteur comprenne qu'il s'agit d'une fausse mission, celui-ci peut penser qu'il se trouve face à une véritable intrigue policière et guetter un coupable qui n'apparaitra finalement jamais.

Le roman d'espionnage

Le roman d'espionnage met en scène des espions qui évoluent dans un contexte international. S'il est associé au roman policier, il est plutôt de l'ordre de la fiction militaire ou politique.

Le Ravissement de Britney Spears a pour personnage principal un espion, mais qui se révèle passif et incompétent. C'est loin de lui, que ce soit à Murghab (avec le meurtre des contrebandiers puis le sien) ou à Los Angeles (avec l'assassinat de Fuck) que les vraies missions se déroulent. Ses actions ne peuvent pas être assimilées véritablement à de l'espionnage.

Le pastiche

Le pastiche consiste à s'inspirer de l'écriture d'un écrivain reconnu, soit pour lui rendre hommage soit pour effectuer un exercice stylistique purement artistique. Il ne s'agit jamais de plagier une œuvre déjà existante ni de la caricaturer.

Le Ravissement de Britney Spears correspond à ce genre, car il s'inspire du *Ravissement de Lol V. Stein* (1964) de Marguerite Duras (écrivaine française, 1914-1996), sans pour autant le plagier. Il reprend la thématique du réel insaisissable et du personnage éponyme évanescent, que l'on ne connait jamais vraiment. En effet, comme Lol V. Stein, Britney Spears n'est caractérisée que par ce que le narrateur sait d'elle ou imagine à son sujet.

Le roman noir

Le roman noir est un genre proche du roman policier, mais qui s'en distingue par son cadre plus précis : il met en scène des crimes organisés et se veut porteur d'un message contestataire, dans une chronologie non traditionnelle et un lieu défini avec précision.

Le Ravissement de Britney Spears correspond davantage à ce genre qu'aux autres pour plusieurs raisons :

- à l'instar du roman noir traditionnel, il présente de nombreuses variations dans le temps par sa chronologie décousue (puisque les chapitres ne se suivent pas chronologiquement, et alternent constamment entre la mission à Los Angeles et le récit à postériori fait à Shotemur au Tadjikistan) ;
- les références à la réalité sont précises et nombreuses (des endroits précis comme les hôtels sont cités, ainsi que des évènements qui ont vraiment eu lieu, des noms de célébrités très connues en 2010, etc.) ;
- il dévoile un univers violent et un regard sombre sur la société dans un paysage essentiellement urbain.

Ainsi, si *Le Ravissement de Britney Spears* rend compte de différents genres littéraires, il peut être classé de façon plus générale sous le genre du roman noir.

LOS ANGELES, UNE VILLE PERSONNAGE

Le récit du narrateur relate la mission de celui-ci à Los Angeles : la ville américaine est décrite avec tant de détails qu'elle devient un véritable personnage du roman. La mention des noms des rues, des bâtiments, des lignes de métro, etc. est si précise que le narrateur pourrait laisser croire qu'il a toujours vécu dans cette ville, alors qu'il s'est simplement familiarisé avec celle-ci grâce à ses nombreux déplacements à pied.

Ne sachant pas conduire, le narrateur progresse en effet au sein de la ville en transports en commun ou en marchant. La plupart du temps, il emprunte le bus ou le métro, dont les lignes et les horaires font l'objet d'une description minutieuse, donnant un effet réaliste, presque documentaire, au récit : « C'était sur Chavez, au-delà du dernier arrêt du 704 dans cette direc-tion, après que celui-ci a passé sous les voies en faisceau d'Union Station. » (p. 123)

Le narrateur prend le temps d'observer les rues de la ville et tous ses quartiers ; il va partout, même là où personne ne se rend habituelle-ment : « On pouvait déduire que ce chemin, mal entretenu, n'était emprunté, s'il l'était, que par des réprouvés. » (p. 125)

Lors de ses déambulations, il se perd parfois, mais finit toujours par se retrouver dans des endroits dont la variété frappe : des quartiers riches, pauvres, communautaires, anciens, nouveaux, délabrés, artistiques, etc.

Cet effet donne l'impression que cette ville de Californie est infinie et multiple, impression accentuée par la longueur des phrases descriptives :

« Lorsque j'ai emprunté le 704, tôt dans la matinée du 27 avril, alors que les hauteurs de Hollywood étaient encore noyées de brume, j'ai eu le loisir de vérifier que ceux des bus qui se déplaçaient d'est en ouest étaient bondés, principalement de femmes hispaniques, tandis que ceux qui se déplaçaient d'ouest en est étaient aux trois quarts vides : et le plus intéressant, comme on pouvait le constater en passant au-dessus de la One O One, et auparavant de Pasadena Freeway, c'était que sur ces grands axes le phénomène était inversé, la circulation étant beaucoup plus dense de la périphérie vers le centre, comme si les femmes hispaniques allaient toutes faire le ménage, ou vaquer à d'autres soins, chez les gens qui à la même heure se hâtaient en voiture vers leurs bureaux de Downtown. » (p. 130-131)

Los Angeles est aussi présentée comme une ville où la voiture est presque une religion (à laquelle le narrateur n'adhère donc pas), au même titre que les animaux de compagnie et le showbizness. Tout, dans cette société, semble dédié à ces trois centres d'intérêt :

- les voitures, pour le narrateur, caractérisent la ville par leur nombre et par l'effet de densité qu'elles créent (« Ce qui faisait la monotonie de Los Angeles [...], c'était le mouvement incessant, énorme, prodigieux, de la circulation, et surtout la rumeur qui en émanait », p. 35) ;
- de plus, l'intérêt porté par les habitants pour leurs animaux de compagnie est l'une des premières choses qui le marquent à son arrivée. Cet attrait se signale par le nombre de magasins et de services consacrés aux animaux. Il tourne en ridicule une journaliste qui se balade avec ses chihuahuas sous le bras (« Elle allait ainsi d'une voiture à l'autre, ses chihuahuas pointant leur museau à la hauteur des seins qu'elle n'avait pas », p. 243) ;
- enfin, Los Angeles est la ville du cinéma et d'Hollywood, et tout ce qui est lié à ce milieu devient un argument de vente, tel que le conçoit le showbizness (« Un jean 501 noir tout frais sorti de Hollyway Cleaners – le pressing des stars », p. 141). Tout renvoie au markéting

dans cette ville, et rien ne semble naturel pour le narrateur, sauf lorsqu'il se promène avec Wendy.

Los Angeles constitue donc presque un personnage du roman, tant elle est décrite avec minutie dans ses aspects les plus insolites. La ville fait d'ailleurs l'objet de beaucoup plus de descriptions que les personnages humains, dont le lecteur ne connait que très peu de détails liés à leur caractère et à leur physique. Alors que cette ville n'attirait pas outre mesure le narrateur avant de s'y rendre, celui-ci finit par en être conquis : à force de la découvrir, « [il] comprenait aussi pourquoi tant de ses habitants [...] estimaient que Los Angeles était une ville agréable » (p. 112).

Toutefois, le narrateur se permet de jeter un œil acerbe sur la société américaine à travers la peinture qu'il en fait.

UNE OBSERVATION CRITIQUE DE LA SOCIÉTÉ AMÉRICAINE

Le Ravissement de Britney Spears, dans ce qu'il donne à voir de la Californie, comporte une critique implicite de la société américaine, principalement dans tout ce qu'elle peut présenter de superficiel et de faux.

Les nombreuses références filmiques sur lesquelles s'appuie le narrateur pour décrire cette société placent d'emblée celle-ci dans une atmosphère d'irréalité : le premier film cité est d'ailleurs *Mulholland Drive* (2001) de David Lynch (cinéaste américain né en 1946), œuvre onirique qui se déroule à Los Angeles. Tout, dans cette ville, a son écho dans un film, et la description qu'en fait l'auteur, avec un œil qu'il prétend naïf, accentue l'impression de fausseté et de superficialité qui y règne.

Ainsi, lorsqu'il observe la foule de badauds rassemblés pour la sortie de Lindsay Lohan de chez la juge, le narrateur ne peut s'empêcher de la décrire comme « un échantillon si bien dosé de tout ce que l'on s'attend à rencontrer à Venice Beach [...] que c'est à se demander s'il n'a pas été composé à dessein, peut-être en prévision du tournage d'un clip, plutôt que rassemblé par hasard » (p. 166). D'autre part, les stars qu'il suit ne s'adonnent qu'à des occupations futiles ou consuméristes : Britney Spears va manger une glace, se rend chez le coiffeur, au centre commercial, etc. ; Lindsay Lohan consomme des milkshakes, se fait faire une teinture, etc.

C'est aussi le gigantisme qui frappe, dans la vie des stars comme dans la vie californienne, où l'on perd tout sens réel des choses : « Avec Britney, tout se compte en millions. » (p. 52) Cet univers détonne pour le narrateur, habitué à une vie plus simple.

Par ailleurs, les nouvelles que donne le *Los Angeles Times* et que le narrateur rapporte dans son récit dessinent aussi le visage d'une Amérique futile et parfois idiote, comme les stars qu'elle adore. Par exemple, un pompier est sévèrement jugé par l'opinion publique pour avoir abattu un chien, bien plus que s'il avait commis un homicide. La plus violente diatribe est toutefois contenue dans le discours de Serge, un vieux paparazzi aigri et misogyne, qui se met à hurler contre les femmes américaines et leur intérêt idiot pour la presse people et pour les marques des habits des stars.

En dehors de cette superficialité, et par contraste avec le monde de l'argent et du showbizness, le narrateur décrit aussi la grande pauvreté de certains habitants, qui évoluent dans ce monde matérialiste comme des fantômes qu'on ne remarque pas, ainsi que la mort d'un travesti dans son motel qui provoque l'indifférence.

Toutefois, sa critique est adoucie par le regard tendre qu'il porte sur cette société qui ressemble à un véritable melting-pot (« On peut penser tout le mal qu'on veut des États-Unis : mais il me semble que nulle part ailleurs, dans le monde, on ne rencontrera dans un bar autant de gens différents », p. 278). Le ton employé est bien celui de la légèreté et de l'humour, ce qui empêche le roman de sombrer dans le cynisme, malgré les thèmes qu'il dénonce. Le narrateur dédramatise tout ce qu'il observe, comme la mort de Fuck ou la misère des gens qu'il rencontre.

UN ROMAN HUMORISTIQUE ET MÉLANCOLIQUE

Le narrateur se décrit lui-même comme étant enclin à la mélancolie, ce qui le place d'emblée en décalage avec le clinquant et le bruit continuel de Los Angeles. Il n'est maitre de rien, ne comprend pas sa mission et se déplace tranquillement à pied dans une ville où la voiture et la vitesse sont reines. Puisque tout est rédigé à la première personne, le lecteur entend ce décalage et, de cette situation, nait un effet comique. Le « personnage » Los Angeles, bruyant et actif, s'oppose au narrateur, très serein et passif.

L'absurdité de la mission du narrateur parait d'autant plus grande à travers la manière dont il la traite. Il se trouve en effet sans cesse dans des situations ridicules. Son entrée dans le jardin du château Marmont en passant par la haie, à propos de laquelle il fait part de sa fierté, illustre cet aspect : « Je le fis avec une telle célérité, une si merveilleuse souplesse, que les deux loufiats dans le dos desquels je débouchai ne remarquèrent rien d'anormal. » (p. 141)

Ses efforts pour passer pour un agent des services secrets compétent provoquent le rire, d'autant plus que le lecteur sait dès le début du récit qu'il a échoué dans sa mission.

Par ailleurs, le narrateur ne se trouve jamais en adéquation avec le milieu qu'il est obligé de côtoyer :

- à Los Angeles, lorsque les paparazzis sont décrits comme des prédateurs à l'affut, il ressent, lui, de la tendresse, voire de l'affection, pour Lindsay et Britney. Il ne cherche d'ailleurs pas à les approcher à tout prix, se contentant de les observer de loin ;
- au Tadjikistan, forcé de vivre dans un monde militaire et rude, où la mort et la violence font partie de son quotidien, il se lance dans de grands discours sur l'écologie destinés à son collègue qui a tué un mouton d'une espèce rare.

Jean Rolin dessine ainsi le portrait d'un grand naïf, en proie aux moqueries de ses supérieurs et de ses collègues (et par extension, du lecteur), mis à l'écart du reste du monde, incapable d'en saisir autre chose qu'une illusion risible bien éloignée de la réalité. Et si des pressentiments l'agitent, à Los Angeles comme à Murghab, c'est toujours en retard et passivement qu'il accède à la réalité.

Le livre s'achève d'ailleurs sur un point d'interrogation qui ponctue une question juste, mais arrivant bien trop tard. Ce n'est qu'en racontant les souvenirs de sa mission que le narrateur en comprend le véritable but : mais le pouvoir de la narration n'est pas suffisant, dans ce roman, pour permettre de tout saisir et d'échapper à l'aspect illusoire de la réalité. En effet, même en relatant son histoire, le narrateur ne parvient pas à percer le mystère de sa mission, ce qui provoque également une incompréhension de la part du lecteur.

À l'instar des paparazzis dont il décrit le vain travail, le narrateur (et par là même le lecteur) est donc réduit à participer, sans le comprendre, à un mouvement énigmatique.

Dans une interview accordée à Pascale Clark sur France Inter le 14 septembre 2011, Jean Rolin affirme d'ailleurs que ce qui l'a le plus frappé en Californie et dans son expérience auprès des paparazzis, c'est « toute l'agitation créée autour de rien » (« Jean Rolin », in *franceinter.fr*).

LA DIFFICULTÉ À SAISIR LE RÉEL

Tout au long de l'histoire, le réel semble difficile à appréhender, tant pour le narrateur que pour le lecteur. Cet effet original est dû à divers procédés narratifs et stylistiques utilisés par Jean Rolin.

Le désordre chronologique

Traditionnellement, l'intrigue d'un roman tend à être racontée dans un ordre relativement chronologique où les évènements s'enchainent de façon simple et logique. Dans *Le Ravissement de Britney Spears*, l'ordre des évènements s'apparente plutôt à l'ordre de la mémoire humaine, parfois faillible : les différents épisodes sont racontés dans un désordre évident, sans lien causal entre eux.

Ainsi, le lecteur apprend très tôt que la mission n'a pas été menée à bien (« l'échec de ma mission », p. 57), avant même de prendre connaissance des détails et péripéties de celle-ci. Afin de saisir le sens de l'intrigue dans son ensemble, le lecteur doit donc reconstituer une ligne du temps, en rassemblant lui-même les différentes pièces chronologiques de l'histoire.

L'absence et l'omniprésence de Britney Spears

Le nom de ce personnage est répété tout au long du récit comme une lancinante litanie : la chanteuse a été vue à tel endroit, le narrateur a lu telle information à son sujet sur Internet, etc. Elle est le centre de la prétendue mission du narrateur, et occupe logiquement bon nombre de ses pensées et actions.

Cependant, celle-ci n'est qu'une présence physique furtive : les rares fois où le narrateur l'aperçoit, elle est peu visible, soit cachée par un garde du corps, soit lui tournant le dos. Il ne croise jamais le regard de la chanteuse et ne parvient donc pas à saisir la personne réelle qui se cache derrière le nom de cette célébrité. Tout ce qu'il connait d'elle provient de ce qu'on lui a raconté ou de ce qu'il a lu dans les médias. Britney Spears (et dans une moindre mesure Lindsay Lohan) n'apparait donc pas comme un personnage réel, au même titre que les personnages secondaires (Abdul, Serge, etc.), certes insignifiants, mais que le narrateur a pu aborder.

LE RAVISSEMENT DE LOL V. STEIN

Le titre du roman de Jean Rolin n'est pas sans rappeler le titre de l'œuvre *Le Ravissement de Lol V. Stein* de Marguerite Duras. Le narrateur de ce roman émet des hypothèses au sujet de Lol V. Stein, la femme qu'il aime.

Cependant, celle-ci, à l'instar de Britney Spears dans l'œuvre de Jean Rolin, n'apparait jamais physiquement : ce que le narrateur sait et communique à son sujet provient uniquement des informations qu'il a obtenues via un tiers, ou des informations qu'il imagine ou déduit, parfois à partir de détails insignifiants. Tout comme le narrateur dans *Le Ravissement de Britney Spears*, le narrateur dans *Le Ravissement de Lol V. Stein* est incapable de saisir la réalité de la femme qui l'obsède.

De plus, les deux récits sont des récits d'écriture à postériori, après que les évènements se sont déroulés : ce procédé est censé permettre aux narrateurs de comprendre ce qu'il s'est passé, car ils bénéficient d'une prise de recul par rapport aux faits ; or, dans les deux cas, une incompréhension subsiste dans le chef des narrateurs, qu'ils communiquent par conséquent au lecteur.

Du réel familier à l'irréel

Jean Rolin est loin d'être avare dans ses références culturelles cinématographiques ou people liées à la réalité contemporaine au sein de son roman. Outre Britney Spears et Lindsay Lohan, de nombreuses célébrités sont citées (Katy Perry [compositrice interprète américaine, née en 1984], Lady Gaga [compositrice américaine, née en 1986], Ashton Kutcher [acteur et producteur américain, 1978], etc.). Certains de ces noms (si ce n'est tous) sont familiers au lecteur. La ville de Los Angeles est également décrite scrupuleusement, ce qui contribue à la mise en place d'une réalité qui est bel et bien celle qui fut observée par l'auteur en 2010.

Jean Rolin place ainsi l'intrigue de son roman dans un cadre connu de tous. Or, à partir de ce décor établi comme familier, il déconstruit le réel au moyen du point de vue passif et peu éclairé du narrateur, ce qui provoque un effet décousu et un sentiment d'irréalité. Celui-ci est intensifié par une chronologie erratique, passant sans arrêt de la situation au Tadjikistan à la situation aux États-Unis. L'introduction d'effets d'irréalité dans le roman contraste donc avec la mise en place d'un contexte réel et familier.

Le Ravissement de Britney Spears de Jean Rolin se distingue par l'originalité de son intrigue : Britney

Spears est-elle véritablement menacée par un groupe islamiste ? Au fil des pages de ce roman hybride, le lecteur découvre – en même temps que le narrateur – que les vrais « méchants » sont ailleurs. Réflexions mélancoliques, descriptions minutieuses de la ville de Los Angeles et touches critiques de la société américaine se mêlent harmonieusement pour aboutir à la résolution de ce mystère qui n'en est pas un, dévoilant alors toute la difficulté à saisir le réel propre à cette œuvre.

PISTES DE RÉFLEXION

QUELQUES QUESTIONS POUR APPROFONDIR SA RÉFLEXION...

- Montrez en quoi le narrateur est risible pour le lecteur.
- Comment comprenez-vous la romance du narrateur et de Wendy ? Parait-elle réelle ?
- Comment le narrateur décrit-t-il la nature à Los Angeles ?
- Quels sont les effets engendrés par le désordre chronologique de la narration ?
- En interprétant le terme « ravissement », quels sont les différents sens que l'on peut donner au titre du roman ?
- Quelles sont les métaphores animalières attribuées aux paparazzis ? Quelle image de ce métier ces métaphores provoquent-elles ? Les paparazzis que rencontre le narrateur sont-ils tous conformes à cette image ?
- Montrez le décalage entre la vie californienne et la vie au Tadjikistan.
- Quel est le rôle d'Internet dans le roman ?

- Quelle image des États-Unis le narrateur donne-t-il à lire ? Est-elle tout à fait péjorative ?
- D'après vous, la frontière semble-t-elle bien tracée entre rêve et réalité dans le roman ?

Votre avis nous intéresse !
Laissez un commentaire sur le site de votre librairie en ligne
et partagez vos coups de cœur sur les réseaux sociaux !

POUR ALLER PLUS LOIN

ÉDITION DE RÉFÉRENCE

- ROLIN J., *Le Ravissement de Britney Spears*, Paris, P.O.L., 2011.

ÉTUDE DE RÉFÉRENCE

- « Jean Rolin », in *franceinter.fr*, 14 septembre 2011, consulté le 2 novembre 2017. https://www.franceinter.fr/emissions/comme-nous-parle/comme-nous-parle-14-septembre-2011

Retrouvez notre offre complète sur lePetitLittéraire.fr

- des fiches de lectures
- des commentaires littéraires
- des questionnaires de lecture
- des résumés

ANOUILH
- Antigone

AUSTEN
- Orgueil et Préjugés

BALZAC
- Eugénie Grandet
- Le Père Goriot
- Illusions perdues

BARJAVEL
- La Nuit des temps

BEAUMARCHAIS
- Le Mariage de Figaro

BECKETT
- En attendant Godot

BRETON
- Nadja

CAMUS
- La Peste
- Les Justes
- L'Étranger

CARRÈRE
- Limonov

CÉLINE
- Voyage au bout de la nuit

CERVANTÈS
- Don Quichotte de la Manche

CHATEAUBRIAND
- Mémoires d'outre-tombe

CHODERLOS DE LACLOS
- Les Liaisons dangereuses

CHRÉTIEN DE TROYES
- Yvain ou le Chevalier au lion

CHRISTIE
- Dix Petits Nègres

CLAUDEL
- La Petite Fille de Monsieur Linh
- Le Rapport de Brodeck

COELHO
- L'Alchimiste

CONAN DOYLE
- Le Chien des Baskerville

DAI SIJIE
- Balzac et la Petite Tailleuse chinoise

DE GAULLE
- Mémoires de guerre III. Le Salut. 1944-1946

DE VIGAN
- No et moi

DICKER
- La Vérité sur l'affaire Harry Quebert

DIDEROT
- Supplément au Voyage de Bougainville

DUMAS
- Les Trois
  Mousquetaires

ÉNARD
- Parlez-leur
  de batailles,
  de rois et
  d'éléphants

FERRARI
- Le Sermon sur la
  chute de Rome

FLAUBERT
- Madame Bovary

FRANK
- Journal
  d'Anne Frank

FRED VARGAS
- Pars vite et
  reviens tard

GARY
- La Vie devant soi

GAUDÉ
- La Mort du
  roi Tsongor
- Le Soleil des
  Scorta

GAUTIER
- La Morte
  amoureuse
- Le Capitaine
  Fracasse

GAVALDA
- 35 kilos d'espoir

GIDE
- Les
  Faux-Monnayeurs

GIONO
- Le Grand
  Troupeau
- Le Hussard
  sur le toit

GIRAUDOUX
- La guerre de
  Troie
  n'aura pas lieu

GOLDING
- Sa Majesté des
  Mouches

GRIMBERT
- Un secret

HEMINGWAY
- Le Vieil Homme
  et la Mer

HESSEL
- Indignez-vous !

HOMÈRE
- L'Odyssée

HUGO
- Le Dernier Jour
  d'un condamné
- Les Misérables
- Notre-Dame
  de Paris

HUXLEY
- Le Meilleur
  des mondes

IONESCO
- Rhinocéros
- La Cantatrice
  chauve

JARY
- Ubu roi

JENNI
- L'Art français
  de la guerre

JOFFO
- Un sac de billes

KAFKA
- La Métamorphose

KEROUAC
- Sur la route

KESSEL
- Le Lion

LARSSON
- Millenium I. Les
  hommes qui
  n'aimaient pas
  les femmes

LE CLÉZIO
- Mondo

LEVI
- Si c'est un
  homme

LEVY
- Et si c'était vrai…

MAALOUF
- Léon l'Africain

MALRAUX
• La Condition
  humaine

MARIVAUX
• La Double
  Inconstance
• Le Jeu de l'amour
  et du hasard

MARTINEZ
• Du domaine
  des murmures

MAUPASSANT
• Boule de suif
• Le Horla
• Une vie

MAURIAC
• Le Nœud
  de vipères

MAURIAC
• Le Sagouin

MÉRIMÉE
• Tamango
• Colomba

MERLE
• La mort est
  mon métier

MOLIÈRE
• Le Misanthrope
• L'Avare
• Le Bourgeois
  gentilhomme

MONTAIGNE
• Essais

MORPURGO
• Le Roi Arthur

MUSSET
• Lorenzaccio

MUSSO
• Que serais-je
  sans toi ?

NOTHOMB
• Stupeur et
  Tremblements

ORWELL
• La Ferme
  des animaux
• 1984

PAGNOL
• La Gloire de
  mon père

PANCOL
• Les Yeux jaunes
  des crocodiles

PASCAL
• Pensées

PENNAC
• Au bonheur
  des ogres

POE
• La Chute de la
  maison Usher

PROUST
• Du côté de
  chez Swann

QUENEAU
• Zazie dans
  le métro

QUIGNARD
• Tous les matins
  du monde

RABELAIS
• Gargantua

RACINE
• Andromaque
• Britannicus
• Phèdre

ROUSSEAU
• Confessions

ROSTAND
• Cyrano de
  Bergerac

ROWLING
• Harry Potter à
  l'école des sor-
  ciers

SAINT-EXUPÉRY
• Le Petit Prince
• Vol de nuit

SARTRE
• Huis clos
• La Nausée
• Les Mouches

SCHLINK
• Le Liseur

SCHMITT
- La Part de l'autre
- Oscar et la
  Dame rose

SEPULVEDA
- Le Vieux qui
  lisait des romans
  d'amour

SHAKESPEARE
- Roméo et Juliette

SIMENON
- Le Chien jaune

STEEMAN
- L'Assassin
  habite au 21

STEINBECK
- Des souris et
  des hommes

STENDHAL
- Le Rouge et
  le Noir

STEVENSON
- L'Île au trésor

SÜSKIND
- Le Parfum

TOLSTOÏ
- Anna Karénine

TOURNIER
- Vendredi ou
  la Vie sauvage

TOUSSAINT
- Fuir

UHLMAN
- L'Ami retrouvé

VERNE
- Le Tour
  du monde
  en 80 jours
- Vingt mille
  lieues sous
  les mers
- Voyage au
  centre de
  la terre

VIAN
- L'Écume des jours

VOLTAIRE
- Candide

WELLS
- La Guerre des
  mondes

YOURCENAR
- Mémoires
  d'Hadrien

ZOLA
- Au bonheur
  des dames
- L'Assommoir
- Germinal

ZWEIG
- Le Joueur
  d'échecs

www.lepetitlitteraire.fr

ISBN version numérique : 978-2-8062-3022-5
ISBN version papier : 978-2-8062-3024-9
Dépôt légal : D/2017/12603/909

Avec la collaboration de Kelly Carrein pour les personnages de Lindsay Lohan et Wendy, pour l'encadré « Éléments biographiques de Britney Spears » ainsi que pour les chapitres « Un roman multi genres » et « La difficulté à saisir le réel ».

Conception numérique : Primento,
le partenaire numérique des éditeurs.

Ce titre a été réalisé avec le soutien de la Fédération Wallonie-Bruxelles, Service général des Lettres et du Livre.